AF190904

Großstadtkind

Die Berlin Erfahrung
eines Mädchens vom Lande

Christine Burgartz

Christine Burgartz wuchs in Berlin auf und absolvierte dort nach dem Abitur ein philologisches Hochschulstudium an der Humboldt-Universität, welches sie mit dem Staatsexamen abschloss.
Anschließend besuchte sie die TRANSform Schauspielschule in Berlin Charlottenburg und spielte Rollen in Filmen und am Theater, bevor sie sich aus der Schauspielerei zurückzog. Heute lebt sie mit ihrer Familie als Mutter von vier Kindern an der Müritz. Ronjas Geschichte basiert auf einem von ihr verfassten Hörspiel, bei dem sie darstellerisch mitwirkte und Regie führte.

Christine Burgartz

Groß
stadt
kind

DIE BERLIN ERFAHRUNG EINES
MÄDCHENS VOM LANDE

1. Auflage

Deutsche Erstausgabe Oktober 2023

© Christine Burgartz
Satz: Laura Newman – lauranewman.de

Herstellung und Verlag: BoD – Books on Demand,
Norderstedt
ISBN: 978-3-7583-0513-9

Für Marlene, Lore, Carl und Elise

1

Nervös wippt Mate von einem Fuß auf den anderen. Er steht vor der Tür zu den Toiletten in dem für Veranstaltungen genutzten würfelförmigen Haus neben dem Regierungsgebäude in Berlin-Mitte. Er wischt die schweißnassen Hände an den Hosenbeinen ab. Normalerweise lassen ihn solche Geschäfte nach all den Jahren kalt, aber in dieser ungewohnt schicken Umgebung, in der seine Leben aufeinanderprallen, ist er unsicher. Ein erleichterter Seufzer entfährt ihm, als er einen kleinen Mann von stämmiger Figur von links um die Ecke biegen und auf ihn zukommen sieht. Der Stämmige schaut sich kurz nach allen Seiten um. Als er sich unbeobachtet fühlt, geht er auf Mate zu und fordert ihn durch Fingerzeig auf, ihm zu folgen. Der Stämmige stellt sich vor das Waschbecken und schaut Mate abwartend durch den Spiegel an. Nachdem Mate noch einmal durch die Tür geschaut und sich vergewissert hat, dass niemand auf dem Weg ins Bad ist, holt er ruckartig ein kleines Tütchen aus seiner Hosentasche und zeigt es dem Stämmigen. Dieser dreht sich um und wirft ihm einen misstrauischen Blick zu.

»Sauberer Stoff«, erklärt Mate.

»Wie versprochen.«

»Ok«, antwortet der Stämmige, »gib her.«

»Moment«, erwidert Mate, »erst die Kohle.«

»Was?« Der Stämmige stellt sich dumm. Als er merkt, dass Mate sich nicht rührt, greift er in seine Hosentasche und reicht Mate einen Fünfziger.

»Das Zeug ist astrein. Da musst du schon noch 'nen Fuffi draufpacken.«

Der Mann macht ein widerwilliges Geräusch und murrt leicht aggressiv: »Hier. Und jetzt gib her.«

»Ist ja gut«, beschwichtigt Mate. »bitte sehr.«

Schnell bewegt sich der Stämmige wieder zurück an seinen Posten.

»He junge Dame, nich so eilig hier. Könnte ick mal bitte Ihren Ausweis sehn?«

Der Türsteher schaut sie unfreundlich an. Ronja kennt derart untersetzte und ruppige Männer aus Brandenburg. Normalerweise geht sie denen aus dem Weg, was an dieser Stelle allerdings nicht möglich ist, da er die Hürde zu ihrem Ziel darstellt. Sie ist erst vor knapp zwei Wochen vom Land nach Berlin gezogen, um hier ein Praktikum zu machen. Sie wurde von ihrem Chef beauftragt, sich von der Wahlparty der FDP ein genaues Bild zu machen und anschließend darüber zu berichten.

»Wie, aber das hier ist doch meine Türkarte. Da, sogar mit Foto von mir.«

Ronja versteht nicht, was er von ihr will. Das Prozedere ist ihr unbekannt und sie schaut ihr Gegenüber unsicher an.

»Türkarte? Wat wolln Se'n damit? Wenn Sie keine Einladung haben, kann ick Se leider nich' durchlassen. Geh'n Se mal 'n Stücke zur Seite und lassen Sie die Gäste durch, die hier auch wirklich wat zu melden haben.«

Ronja blickt ihn verständnislos an. Dabei erhascht sie einen Blick auf den Saal des Geschehens. Viele adrett gekleidete Damen und Herren stehen zu zweit, zu dritt oder zu viert mit

Champagnergläsern in der Hand an mit schicken weißen Stoffen überzogenen Stehtischchen. Sie haben wichtige Gesichter aufgesetzt. Ihre Münder bewegen sich, ohne dass sich ihre Miene verändert. Es scheint alles ziemlich steif und Ronja hat keine Ahnung, wie sie mit irgendeinem dieser Menschen ein Gespräch beginnen soll. Auf eine Art gefällt ihr der Gedanke, hier erst gar nicht teilnehmen zu dürfen, so würde ihr diese für sie enorme Herausforderung abgenommen werden, sich einen ganzen Abend lang in diesem Gewimmel von wildfremden Menschen zurechtzufinden.

»Aber, mein Chef hat mich extra noch mal jefragt, ob ick ooch komme«, wagt sie einen letzten Versuch. Dabei denkt sie daran, dass ihr Chef sicher nicht davon begeistert wäre, würde sie nicht alles versuchen.

»Dann hat Ihr Chef wohl eine Klitzekleinigkeit namens Einladung verjessen«, entgegnet der Stämmige sichtlich genervt. In diesem Moment geht ein junger Mann an ihnen vorbei, der die Szene mitbekommt.

»Hallo. Gibt es ein Problem?«, fragt er freundlich aber bestimmt. Ronja findet ihn sofort sympathisch.

Weil ihr das selbst fehlt, bewundert sie jeden, der sich einfach so selbstbewusst unter die Menschen mischen kann.

Der Ton des Stämmigen ändert sich schlagartig und er wirkt nun fast unterwürfig.

»Guten Tag Herr Schmidt. Ja, ich kann die Dame leider nicht reinlassen, da Sie ihre Einladung nicht vorweisen kann.«

»Kein Grund gleich unfreundlich zu werden, nicht wahr Kalle? Die Dame gehört zu mir.« Ronja schaut ihn perplex an.

»Ach so, ja, na, wenn das so ist. Bitte sehr«, erwidert der Türsteher offenbar etwas irritiert.

Ronja murmelt ein »Danke« und läuft schnell und etwas geduckt an dem Schrank vorbei.

Dann wendet sie sich ihrem Retter zu. Schelmisch lächelt er aus seinen stahlblauen Augen. Sein Aufzug unterscheidet sich nicht von dem der anderen Gäste, seine Ausstrahlung schon. Er wirkt lockerer und man merkt, dass er nicht dazugehört, sondern einfach einem Dresscode gefolgt ist. Ronja kann ihn sich genauso gut in Jeans und T-Shirt vorstellen. Er gefällt ihr.

»Danke!« Sie muss ihren Kopf lediglich ein kleines Stück nach oben neigen, da er nur wenige

Zentimeter größer, als sie selbst ist. Sie schätzt ihn auf Anfang dreißig.

»Kein Problem«, erwidert Mate. »Ich hatte heute aus genau dem gleichen Grund auch schon einmal das Vergnügen. Ich habe mich dann daran erinnert, dass sein Chef ein ehemaliger Kollege von mir ist, was ich irgendwie erwähnt habe und plötzlich war meine Pressekarte Einladung genug. Der macht halt gern mal einen auf dicke Hose. So, jetzt weißt du Bescheid.« Er lacht. »Ich bin übrigens Mate, eigentlich Matthias, aber man nennt mich Mate, wie den Tee.«

»Hallo, ick bin Ronja. Wie die Räubertocher.« Ronja wird rot und überspielt schnell: »Du bist also Journalist?«

»Ja, genau, ich bin hier sozusagen beruflich unterwegs. Ich arbeite für *Das junge Berlin*. Ist ein recht neues Blatt, ich bin aber auch noch nicht so lange in der Sparte tätig. Was mich nicht davon abhält, meine Vorteile auszukosten. Auf dem Politikerrummel hier gibt's immer das leckerste Essen und die freundlichsten Türsteher.«

Beide lachen. Ronja ist dankbar, dass er so locker drauflosredet und es zu keinem unangenehmen Anschweigen kommt.

»Und wieso wolltest du unbedingt rein?«, fragt Mate nun seinerseits interessiert.

Zögerlich berichtet Ronja: »Mein Chef hat mir heute unjefähr zehnmal mit auf'n Weg jejeben, dass er sich sehr freuen würde, auch mich heute Abend hier zu sehen. Und wat tut man nich' alles.«

»Verstehe. Komischer Chef, lädt dich ein und gibt dir keine Einladung mit. Aber du kommst doch eindeutig aus Berlin. Dann müsstest du doch eigentlich wissen, wie das so läuft.«

»Wegen dem Dialekt meinste? Nee, aus Berlin komm ick nicht. Ick komme aus einem kleinen Dorf bei Brandenburg in Brandenburg. Ick weeß, et hört sich verrückt an, aber ick kenn mich gar nich' aus in Berlin. Is' mein erstes Mal sozusagen. Auch wenn man et mir nich' anhört. Mein Chef sagt imma, ick hab zwar super Qualifikationen, aber dass ick den Dialekt unbedingt rauskriegen muss. Det wäre 'ne Voraussetzung für den Job, den ick in Aussicht jestellt bekommen hab. Aber das is' so schwer. Bei uns Berlinern se überall. Det sitzt drin. Ick bin erst seit 'ner Woche hier. Hab in Potsdam Politik studiert und mach jetzt 'n Praktikum bei der FDP-Bundestagsfraktion.

Potsdam kenn' ick aber ooch nich viel besser. Bin jedes Wochenende nach Hause. Also 'n richtiges Landei, wenn du so willst. Von Tuten und Blasen keine Ahnung.« Selbst erschrocken über ihren Redeschwall, versteckt sie sich umso mehr hinter ihrem Dialekt. Der gibt ihr gewöhnlich Sicherheit und sie kann ihre Nervosität überspielen. Mate merkt anscheinend nicht, wie aufgeregt sie ist und wie unwohl sie sich zwischen all diesen schick aussehenden Menschen fühlt. Sie spürt seinen Blick auf sich. Was er wohl denken mag? Sie weiß, dass sie nicht hierher passt, und sicher sieht er das auch. In ihrem weißen Long-Shirt, dem knielangen grauen Wollrock und den flachen schwarzen Schnallenschuhen kommt sie sich auf einmal vor wie eine graue Maus. Hätte sie mal wenigstens ihre schönen dicken hellbraunen Haare nicht zu einem Pferdeschwanz zusammengebunden, sondern offen getragen.

»Ah, ok. Und wie gefällt dir die Hauptstadt so?«, fragt Mate.

»Naja, auf der einen Seite total super. Et jibt viel zu sehen. Wenn ick ehrlich sein soll, fühle ick mich aber ooch etwas verloren hier. Bei uns auf'm Dorf kennt jeder jeden. Hier laufen se mit

Kopp runter an einander vorbei. Is' komisch. Du bist von hier ja?«

»Jupp, aufgewachsen in Charlottenburg. Auch wenn man mir das nicht anhört. Haha. Aber das ist tatsächlich oft ein Problem. Diejenigen, die aus anderen Ecken herziehen brauchen meist erst mal 'ne Weile bis sie Leute kennenlernen«, erzählt Mate beherzt. »Wenn du Lust hast, nehme ich dich am Wochenende mit auf `ne Party und stell dich einem Haufen netter Menschen vor.«

Ronja ist hin und hergerissen. Einerseits findet sie ihren neuen Bekannten nett, aber ob sie nun gleich mit ihm um die Häuser ziehen möchte, weiß sie nicht so ganz. Nach einem kurzen Moment nimmt sie all ihren Mut zusammen und hofft, dass ihr Zögern nicht bemerkt wird.

»Ja, na klar. Det hört sich nach was an. Die einzige Person mit der ick hier bisher privat Kontakt habe, ist meine Mitbewohnerin. Die liegt mir auch schon die janze Zeit in den Ohren, dass ick mal raus müsste und so. Ansonsten sehe ick nur meine durchschnittlich fünfzig Jahre älteren Kollegen.«

»Super, dann gib mir doch mal deine Nummer und ich melde mich bei dir«, kürzt Mate ab. Von einem von drei dickbäuchigen Männern belagerten Stehtisch zu seiner linken, greift er frech eine Serviette, zückt einen Kugelschreiber aus seiner Hosentasche und hält Ronja beides hin. Ronja schreibt ihre Nummer auf.

»Muss mich jetzt auch mal an die Arbeit machen« sagt Mate und flüstert in ihr Ohr: »Betrunkene Politiker sind im Interview deutlich redseliger als nüchterne.« Er dreht sich weg. »Und da haben wir auch schon einen: Herr Westerwelle, ein kurzes Statement zu den Wahlen bitte. Bis Samstag dann!« Er wendet sich ein letztes Mal kurz Ronja zu, bevor er endgültig im Meer aus Krawatten, weißen Hemden und weißen Blusen verschwindet.

Ronja fühlt eine kurze Enttäuschung, als hätte sie sich zu schnell und zu früh auf jemanden eingelassen, der sie im nächsten Moment sitzenlässt. So ein Quatsch, versucht sie sich selbst zu beruhigen. Jetzt lass mal die Kirche im Dorf. Er ist dir zu nichts verpflichtet. Du hast gerade mal ein paar Worte mit ihm gewechselt. So ganz überzeugt ist Ronja nicht. Die Wahrheit ist, dass sie sich, seitdem sie in Berlin ist, an jedem noch so kleinen menschlichen Strohhalm festhält, nur um irgendeine Art von Orientierung zu bekommen. Sie hat das Gefühl, dass alle außer ihr mit dem Leben in der Großstadt zurechtkämen. Sie spürt eine Traurigkeit in ihr aufsteigen. Schnell verdrängt sie ihre Gedanken, zückt Zettel und Stift und beginnt sich Notizen zu machen.

2

Ronja sitzt in ihrem spartanisch eingerichteten WG-Zimmer. Unter dem Fenster steht ihr Schreibtisch. Gegenüber auf der anderen Seite an der Wand ihr Bett und rechts davon ein großer alter Kleiderschrank aus Holz. Kleinigkeiten, wie ein Regal oder eine Pflanze hat sie bisher nicht gekauft, weil sie noch immer nicht ganz angekommen ist und es sich bisher nicht richtig angefühlt hat, sich komplett einzurichten. Es ist Sonntag und sonntags jagt ihr die Großstadt Angst ein. Zuhause hat sie die Sonntage geliebt. Alles ist ruhig, man macht einen kurzen Spaziergang, sagt denjenigen, denen man begegnet »Guten Tag« und geht gemütlich seinen Weg, um sich anschließend an kalten Tagen zuhause zu entspannen oder im Sommer an den See zu fahren. Berlin ist auch ruhig. Groß und ruhig. Am Morgen hat sie einen Spaziergang gemacht, um sich am Kiosk in der Nebenstraße die Zeitung zu kaufen. Dabei hat sie zwar Menschen gesehen, aber die meisten sahen so aus, als wären sie noch gar nicht im Bett gewesen und wenn sie in der kurzen Zeit ihres Großstadtaufenthaltes etwas gelernt hat, dann, dass hier von freundlich grüßen sowieso nicht die Rede sein kann. Auf ihrem Bett sitzend und aus dem Fenster in die triste Betonlandschaft dahinter schauend, fühlt sie die Einsamkeit wie einen dicken Kloß langsam und drückend in sich hochrollen. Wird sie es hier schaffen? Sie ist unsicher. Nicht wie ihre WG-Partnerin Franzi, die kein Problem mit der ganzen Anonymität zu haben scheint. Sie kann auch gar nicht genau sagen, was es ist, das ihr das Gefühl von Einsamkeit gibt. Hat es mit ihrer Unsicherheit in jeder Großstadtlebenslage zu tun oder vermisst sie einfach die vertraute Umgebung und die Menschen zuhause? Sie schlägt die Kiezzeitung auf und blättert sich durch die Seiten. Plötzlich stockt ihr der Atem. Der Türsteher von der Wahlparty! In dem Moment klingelt das Telefon.

»Hallo?«

»Hallo Ronja. Mate hier. Wie geht's?«

»Ja, ganz ok.«

»Was ist los?« Er hat einen skeptischen Ton.

»Ach, ick habe hier die Zeitung offen und lese gerade etwas über die Wahlparty neulich. Der Türsteher, erinnerste dich?«

»Ach so, ja, was soll mit dem Typen sein?«

»Die haben Kokain bei ihm gefunden.«

»Kokain sagst du?« Mate klingt erstaunt.

»Ja, und jetzt sitzt er in Untersuchungshaft.«

»Mmh.«

»Scheint dich ja nicht wirklich zu wundern? Hättest du dem das denn zujetraut?«

»Na ja, daran solltest du dich gewöhnen. Insbesondere hier in der Hauptstadt. Man sieht den Leuten nicht unbedingt an, wer sie sind oder was sie so den lieben langen Tag treiben.«

»Ja, schon, aber mit Drogen ist det doch was anderes.«

»Wieso?« Ronja bemerkt den Spott in seiner Stimme. »Na, du weißt doch wie ick det meine.«

Nach einer kurzen, etwas unangenehmen Pause nimmt Ronja den Faden wieder auf. »Ick wusste es ja schon immer, dass ick für die Stadt nich' jemacht bin«, und fügt etwas weniger angespannt hinzu: »Naja, wir wissen jedenfalls, dass man auch ohne Drogen Spaß haben kann.«

»Apropos Spaß.« Mate wechselt das Thema. »Was ist mit heute Abend? Deshalb habe ich ja überhaupt angerufen.«

»Heute?«

Da Mate sich bis gestern nicht gemeldet hat, ist sie davon ausgegangen, dass der Vorschlag mit dem Ausgehabend von ihm neulich nur so dahin gesagt worden ist.

»Ja, wo wollteste denn hinjeh'n?«, fragt Ronja etwas lustlos und überlegt, wie man auf den Gedanken kommt, am Sonntag ausgehen zu wollen.

»Ein Kumpel von mir lässt sich im White Trash feiern, klingt das nach was?«

»Ick weiß nich', Diskos sind nich' so meins.«

»Das ist keine Disko meine Liebe, das ist ein Club.«

»Aha, und das macht 'nen Unterschied oder wie?«

»Ja. Also, bist du dabei?«

»Ok, ick gebe ihm 'ne Chance. Dem Club.«

»Na bitte, was hältst du davon wenn wir uns am Alex treffen, unten an der U2?«

»Oder du kommst vorher noch zu uns in die WG?«

»Klar, kann ich auch machen. Wann denn?«

»So um neun vielleicht? Vorher ist meine Mit-bewohnerin noch nich' wach. Vielleicht hat se ja ooch Lust mitzukommen.« Für Ronja war es an-fangs etwas verstörend, dass Franzi sich täglich abends gegen sechs bis circa neun Uhr hinlegt, um dann die halbe Nacht hindurch entweder zu lernen oder auszugehen. Sie selbst hatte einen festen Rhythmus, aktiv am Tag und schlafen in der Nacht.

»Ja, okay ab neun. Wird gemacht. Ciao.«

3

Ronja sitzt in der Küche und liest, als es läutet.

Sie öffnet die Tür der Altbau-WG und begrüßt Mate: »Hallo, komm rinn, biste jut herjekommen? Ick weiß nich', fährt die S-Bahn wieder?«

Mate tritt ein und lässt seine Blicke erst einmal neugierig in alle Richtungen schweifen. »War kein Problem, die S-Bahn fährt noch nicht wieder, aber ich bin ja ein Kind dieser Stadt und hab daher immer einen Plan B, der heute U-Bahn geheißen hat. Schön wohnst du. Sieht gemütlich aus.«

»Danke. Willste was trinken? Tee?«

»Ich hab Bier mitgebracht. Willst du auch?«

»Nee, ick trinke keinen Alkohol. Meine Eltern sind Zeugen Jehovas. Da hab ick mich zwar draus befreit, aber ick bin dabei jeblieben keinen Alkohol zu trinken.«

»Zeugen Jehovas?! Echt? Die dürfen doch gar nichts.«

Ronja schluckt, fängt sich aber schnell und erwidert etwas verlegen: »Das stimmt. Auf meiner ersten Party war ick mit Anfang zwanzig. Also noch jar nich' so lange her. Ick kenn' mich immernoch nich' aus, aber damals war ick mehr als naiv. Ick kam sozusagen aus'm Mustopp.«

Wovon sie nicht erzählt, ist, wie schwer es ihr fiel, ihren Eltern zu sagen, dass sie aus der Sekte aussteigen will. Anfangs haben ihre Eltern überhaupt kein Verständnis für ihre Entscheidung gehabt und es hat viele Diskussionen gegeben. Irgendwann haben sie akzeptiert, dass Ronja einen anderen Weg geht, und sie hat nach all den Jahren sogar das Gefühl, dass sie trotz oder gerade wegen dieser endlosen Diskussionen noch enger mit ihrer Familie zusammengewachsen ist. Auch mit ihrer Schwester, die sich von dem Glauben nicht gelöst hat. Ihretwegen hat sie so lange gezögert, da sie seit jeher unzertrennlich sind, fast wie Zwillinge und sie hat große Angst gehabt, dass ihr Outing negative Auswirkungen auf ihr Verhältnis haben würde.

Diese Angst hat sich als unbegründet erwiesen, was für Ronja eine große Erleichterung gewesen ist. Sie weiß, dass andere Familien an genau diesen ideologisch gefärbten Konflikten zerbrechen.

»Das hätte ich nicht gedacht«, staunt Mate.

»Wie wir neulich schon festgestellt haben, der erste Eindruck täuscht manchmal.«

»Äh, ja, stimmt wohl.« Mate blickt rechts in den Flur, aus der Ronjas Mitbewohnerin auf die beiden zukommt. Franzi trägt Jeans und einen schwarzen Rolli. Sie hat dunkelbraune Haare und einen kinnlangen Bob, der ihre Gesichtszüge vorteilhaft betont. Ihr kecker Blick scheint neugierig zu fragen, wen Ronja da mitgebracht hat.

»Det is Franzi meine Mitbewohnerin. Det is Mate«, stellt Ronja die beiden vor.

»Hallo. Und wo bist du her? Auch aus Brandenburg?«

»Nein« antwortet Franzi selbstbewusst, »aus 'm Süden. Also aus Frankfurt. Aber das zählt für euch Berliner ja schon zum Süden, oder?«

»Ich denke ja. So genau weiß ich das nicht. Aber du könntest Recht haben. Wir treffen später noch ein paar Freunde von mir. Hast du Lust mitzukommen?«

»Mal sehen.« Franzi wirkt unentschlossen. »Ich muss morgen eigentlich früh raus. Ich überleg's mir.«

»Wenn du willst, zeige ick dir mal unsere Wohnung«, schlägt Ronja vor. Diesen Satz kennt sie von zuhause. Dort wird immer erst mal das Haus gezeigt, wenn man noch nie dagewesenen Besuch empfängt. Dass das Thema »Zweiraumwohnung zeigen«, etwas anderes ist als »Haus zeigen«, wird ihr bewusst, als das Ganze nach zwei Minuten durch Bad, Küche und Ronjas Zimmer laufen, beendet ist und sie nun nicht so richtig weiß, wie es weitergehen soll. Aus dieser Situation befreit sie das Klingeln von Mates Telefon.

»Sorry, ich muss da mal gerade rangehen.«

»Ja, klar.« Ronja atmet erleichtert auf, ist allerdings über die Worte, die sie vernimmt, erstaunt.

»Hola. Sí perfecto. Bueno, entonces voy a buscar el Ketamina mañana y después te llamo. De acuerdo. Bueno tío, nos vemos. Ciao.«

»Du sprichst Spanisch?«, fragt sie, nachdem Mate aufgelegt hat.

»Ja, ich war als Kind in Argentinien«, berichtet Mate. »Meine Eltern kommen von dort. Die Eltern meiner Eltern sind in den dreißiger Jahren dahin ausgewandert. Der Vater meiner Mutter ist Jude gewesen und die Mutter meines Vaters auch.«

»Ah ok. Dann biste auch Jude?«

»Nein, da meine Mutter keine Jüdin ist, bin ich es auch nicht. Das wird nur über die Blutlinie der Mutter weitergegeben. Außerdem wird die Religion in meiner Familie auch nicht praktiziert.«

»Verstehe. Complicado.«

Mate horcht erschrocken auf.

»Du sprichst Spanisch?«

»Nee, das ist neben *cerveza* und *adios* so unjefähr das einzige Wort, das ick kenne. Allerdings habe ick verstanden, dass ihr über Pferde jesprochen habt!«

»Was?« Mate versteht nicht.

»Ja, weil ick jahrelang jeritten bin. In Brandenburg gibt et sehr viele Pferde. Das gehört da quasi mit zum guten Ton als Kind zu reiten. Ick weiß, dass Ketamin 'n Betäubungsmittel is', das oft bei Pferden anjewendet wird.«

Mate antwortet schnell: »Ach so, ja, genau. Das war ein Freund aus Argentinien. Er hat ein krankes Pferd und hat mich um meine Meinung gebeten, was Ketamin angeht.«

»Ach, der Arme.«

»Ja.« Mate wird unruhig. Ronja spürt seine Nervosität, die sie nicht einordnen kann.

»Ick habe auch schon mal mit ansehen müssen, wie ein Pferd, auf dem ick jahrelang jeritten bin, einjeschläfert werden musste. Das war so schlimm für mich.« Sie ist verwundert darüber, dass Mate sich noch immer unbehaglich zu fühlen scheint. Das passte gar nicht zu ihm. Wahrscheinlich langweilte er sich mit ihr zu Tode.

»Hmmm.« Mate scheint zu überlegen. Um die unangenehme Situation zu beenden, fragt Ronja:

»Tja, woll'n wir dann mal so langsam?«

Erleichtert ruft er: »Ja, auf jeden Fall. Lass losgehen. Die City ruft. Ich muss nur kurz noch mal telefonieren und fragen wo die anderen sind. Du kannst ja Franzi Bescheid sagen. Vielleicht hat sie sich entschieden mitzukommen.«

4

Im Club fühlt sich Ronja völlig fehl am Platz. Ganz anders Franzi und Mate. Die haben Spaß und sind munter wie die Fischlein im Wasser.

»Tanzen oder was?«, ruft Franzi den beiden zu.

»Ja, auf jeden Fall.« Mate ist in seinem Element und scheint total erleichtert, dass er nicht mit Ronja allein ist. Mates Freund hat sich spontan für einen anderen Club entschieden, der am anderen Ende der Stadt liegt, und daher haben sie beschlossen, hierzubleiben.

»Lass los! Ronja?«

»Nee, die Musik ist mir gerade bisschen zu wild. Vielleicht später. Jeht ihr mal.«

Ronja setzt sich hin und beobachtet das Geschehen.

Ein paar Songs später beginnt sie sich zu langweilen, und stellt fest, dass sie nach Hause will und auch, dass sie eigentlich von Anfang an gar nicht her wollte. Warum lässt sie sich immer wieder zu etwas überreden, was sie überhaupt nicht will? Sie ärgert sich über sich selbst.

»Jetzt könnten die beiden aber langsam ´mal wiederkommen«, murmelt sie vor sich hin. Franzi und Mate bleiben verschwunden.

»Mann, wo sind die denn? Die Musik ist schrecklich. Ick schreib denen jetzt, dass ick gehe.«

Sie zückt ihr Handy und tippt etwas zögerlich die Nachricht. Darf sie das? Soll sie wirklich einfach so gehen? Hoffentlich sind die beiden danach nicht sauer auf sie. Ihre Müdigkeit nimmt ihr die Entscheidung ab, die in anderer Verfassung der vermeintlichen Höflichkeit halber anders ausgefallen wäre.

Erleichtert atmet sie auf, als sie die Luft vor dem Club einatmet. Endlich draußen. Sie läuft zur U-Bahn. Es ist eine kalte Februarnacht und sie friert. Als die Bahn kommt und sie in den beheizten Waggon steigt, breitet sich im Moment des Temperaturwechsels ein kurzes Glücksgefühl in ihr aus. Auf der Sitzbank kuschelt sie sich in ihre Jacke. Als die Bahn sich aus dem Untergrund nach oben über eine Brücke entlang schlängelt, ist das Stadtpanorama, das sich vor Ronja ausbreitet nur zu erahnen. Die Beleuchtung, obwohl nicht sparsam, hat gegen die Dunkelheit keine Chance. Ronja ist kurz davor, wegzudämmern, als der Zug plötzlich mit lautem Quietschen hält. Das schrille Geräusch macht sie hellwach. Das auch noch. Sie schaut sich um. Im Waggon sitzen außer ihr am anderen Ende noch ein eng umschlungenes Pärchen, das der Zwischenfall überhaupt nicht zu stören scheint und zwei Sitze weiter ein im Blaumann gekleideter, genervt aussehender Mann mittleren Alters. Der Zug nimmt langsam wieder Fahrt auf. Ronja atmet erleichtert auf. Sie rollen ganz langsam in den nächsten Bahnhof hinein, um dort endgültig zum Stehen zu kommen.

»Oh, nee!«, entfährt es ihr. Der Blaumann schaut zu ihr rüber und verdreht zustimmend die Augen. Nach einer für Ronja gefühlten Ewigkeit betritt ein freundlich aussehender Polizist den Waggon. Ronja nimmt all ihren Mut zusammen:

»Entschuldigung. Wissen Sie, warum wir hier so-
lange halten?«

Der Beamte schaut sie lächelnd an und erwidert:
»Es gibt leider eine kleine Verzögerung auf der Strecke. Kein Grund zur Panik, aber es könnte sich
schon noch 'ne Weile hinziehen.«

Der Blaumann verlässt den Waggon und das Pärchen interessiert noch immer nicht, was vor sich geht.

Ronja schaut den Polizisten verzweifelt an. »Wie
soll ick denn jetzt nach Hause kommen? Wissen
Sie zufällig, ob von hier ein Nachtbus Richtung
Friedrichshain fährt?«

»Da bin ick ehrlich gesagt überfragt. Wo müssen
Se denn genau hin?«

»Warschauer Straße.«

»Ach, kommen Sie denn nicht von hier?«

»Nee, bin erst zwei Wochen in Berlin und kenn
mich so jar nich' aus.«

Der Polizist schaut grübelnd zur Seite. »Wissen
Sie was, wir müssen nach Kreuzberg. Friedrichshain liegt also mehr oder weniger auf der Strecke
von meinem Kollegen und mir. Wenn Sie möch-
ten, setzen wir Sie einfach bei Ihnen zu Hause ab.
Unser Streifenwagen steht direkt vor dem U-Bahn
Eingang.«

»Meinen Sie wirklich?« Ronja blickt ihn erwartungsfroh an. »Ick möchte Ihnen ja keine Umstände machen.«

»Machen Sie nicht. Allet jut. Ich hätte es Ihnen sonst nicht angeboten.«

»Vielen Dank. Det is echt 'ne Wucht.«

»Ne Wucht? Wo kommen Se denn her?« »Brandenburg.«

»Ah. Ach so. Naja. Dann kommen Se mal mit.« Der Polizist stellt sich als *René* vor. Er macht einen jungen Eindruck, nicht älter als dreißig Jahre. Zusammen gehen sie zum Polizeiwagen, der vor der U-Bahn steht. Im Auto wartet Renés Kollege, der ihnen mürrisch, wenn auch neugierig, entgegenblickt.

»Aha, Besuch?«, fragt er halb belustigt.

»Guten Abend«, sagt Ronja brav.

René erklärt: »Ja, die Dame muss in unsere Richtung. Das ist doch kein Problem, wenn wir sie mitnehmen und kurz bei ihr absetzen, oder?«

»Nee, nee, kein Problem.« Der Kollege klingt noch immer leicht amüsiert. »Wo soll's denn hingehen?«

»Warschauer Straße«.

»Das liegt tatsächlich *fast* auf unserer Strecke.«

Der Kollege kann sich den Spott in der Stimme nicht verkneifen. Ronja fühlt sich unwohl. Sie blickt aus dem Fenster und versucht, irgendetwas was sie draußen sieht, zu verknüpfen oder zu erkennen, um einen Anhaltspunkt zu haben, wo sie langfahren. Vergeblich. Von hier aus würde sie sich allein nie im Leben zurecht, geschweige denn nach Hause finden. Sie fühlt sich verloren. René schaut sich hin und wieder um, was sie einigermaßen beruhigt. Er lächelt sie vertrauensvoll an.

»Wie heißen Sie eigentlich?«

»Ronja.« Ronja lächelt zurück und ist dankbar, dass er sich bemüht, ihr die Situation behaglicher zu machen.

Dann kommt ihr die Gegend bekannt vor und sie erkennt in der Ferne den großen Kreisel des Bersarinplatzes.

»Da!«, platzt es aus ihr heraus. René dreht sich um. Etwas zurückhaltender fügt sie hinzu: »Hinter dem Platz wohne ich. Die nächste rechts rein und dann gleich das erste Haus auf der rechten Seite.«

Der Polizeiwagen hält direkt vor ihrer Haustür. Ronja steigt aus. Es gibt ein paar Gestalten, die den Bürgersteig entlangstolpern. Aber keinen scheint es zu interessieren, warum dort ein Polizeiwagen hält und auch Ronja scheint für die Nachtschwärmer nicht von Interesse zu sein. Das ist auch eine Seite der Großstadt, an die sie sich bisher nicht hat gewöhnen können. Man ist hier wirklich komplett anonym. Wenn jemand in ihrem Dorf oder auch in der nahegelegenen Kleinstadt nachts von der Polizei vor der Haustür abgeliefert werden würde, wäre das für die nächsten Wochen Dorf bzw. Kleinstadtgespräch.

»Jut, dann vielen Dank noch mal, das war wirklich sehr nett von Ihnen!«, ruft sie durch das Fenster und winkt den beiden Beamten zum Abschied zu.

»Nichts zu danken. Jederzeit wieder«, erwidert René den Gruß.

»Tschüss«, sagt der Kollege etwas kürzer angebunden.

Als der Wagen wieder anfährt, lässt er sich eine abschließende Spitze nicht nehmen:

»Jederzeit wieder, he?«

»Was?« René tut so, als wüsste er nicht, was gemeint ist.

»Ja, ja, schon klar.«, lacht der Andere trocken.

5

Es klingelt an der WG-Tür. Franzi öffnet und blickt den Mann, der davor steht, fragend an.

»Guten Tag! Ich wollte zu Ronja.«

»Was? Wer sind Sie denn?«, fragt Franzi.

Ronja schaut Franzi über die Schulter. Als sie René erkennt, erlöst sie die beiden aus ihrer sichtlich unangenehmen Situation. »Schon jut Franzi, das ist der nette Mann, der mich neulich Nacht mitjenommen hat.«

»Ach, der Polizist? Ja dann bin ich mal in meinem Zimmer.«

René blickt Ronja an. »Ich wollte auch gar nicht stören, sondern nur mal vorbeischauen und gucken, wie es Ihnen so geht. Ich wollte Sie eigentlich anrufen, habe ja aber gar keine Nummer von Ihnen.«

Ronja muss schmunzeln. Er spricht erstaunlich schnell, merkt sie. Er scheint aufgeregt zu sein.

»Sie stören nich'. Danke nochmal für's Bringen neulich.«

René lächelt verlegen. »Keine Ursache. Ich wollte Sie noch was fragen.«

»Tun Sie das, aber vorher lassen wir das *Sie*, ok? So alt sind wir ja jetzt ooch noch nich'.«

Seine Unsicherheit gibt ihr Sicherheit. Endlich mal einer, der nicht in jedem Moment genau weiß, was zu sagen oder zu tun ist.

»Ja, gern. Das hatte ich auch schon die ganze Zeit im Kopf, aber das hat ja dann auch die Dame zu entscheiden.«

»Hm.« Ronja streicht sich kurz etwas verlegen durch die Haare.

»Jedenfalls wollte ich Sie fragen.«

»Dich.« Ronja lacht.

René stockt. »Hm? Ach so, ja, ich wollte dich fragen, ob du Lust hättest mit mir am Freitag essen zu gehen? Ich möchte dich einladen.«

Damit hatte sie nicht gerechnet. Ihr gefällt der Polizist, er ist nett und sie fühlt sich wohl in seiner Gegenwart. Sie hat das erste Mal seit ihrer Ankunft in Berlin das Gefühl, dass sie gesehen und gemocht wird, genau so, wie sie ist.

»Ja, gerne, warum nich'.«

»Sehr schön. Das freut mich! Dann hole ich dich um 19.30 hier ab?«

»Ok, prima. Dann bis Freitag!«

»Ja, äh, prima. Bis dann!«

6

Am nächsten Morgen kommt René beschwingt ins Büro. Es fällt ihm schwer, seine Gedanken zu bündeln und sich auf die Arbeit zu konzentrieren. Ihn hat es tatsächlich erwischt. Er ist selbst erstaunt. Seit Jahren lebt er nur für seinen Beruf und hat nicht mehr damit gerechnet, dass es in diesem Leben vielleicht noch einmal etwas anderes für ihn geben könnte. Seit er Ronja kennengelernt hat, geht ihm dieses Lied nicht mehr aus dem Kopf, von dem er noch nicht einmal weiß, wer der Interpret ist. »What a difference a day makes«. Er erinnert sich daran, dass es ihm aufgefallen ist, weil er den Text nicht verstanden und als völligen Blödsinn abgetan hat. Seit ihm

Ronja begegnet ist, sieht die Welt anders aus. Er weiß nun ganz genau, was der Text sagen will. »And the difference is you.« Er zwingt sich, seine Gedanken umzulenken. Das Vorhaben heute erfordert seine volle Konzentration und Professionalität. Sein Kollege wartet schon im Streifenwagen. René nimmt noch einen schnellen Schluck aus dem Kaffeebecher, eilt mit selbigem nach draußen und steigt in den Wagen.

»Heute ist die Junkie-Ecke am Zoo dran, richtig?«, fragt er.

»So ist es, Chef. Mach zu mit dem Kaffee. Zeit ist Geld.« René ist jetzt ganz da, er weiß um die Wichtigkeit und auch die Gefahr des Einsatzes, da muss er sich im Griff haben.

Sie fahren los. Sie stellen sich etwas entfernt vom Einsatzort in eine Kurve, von der aus sie zwar den vollen Blick auf das Geschehen am Bahnhof haben, aber selbst nicht ohne Weiteres gesehen werden können. Mittlerweile hat René jahrelange Erfahrung mit dem Typ Dealer. Es gibt die Auffälligen, denen man es sofort ansieht. Die, mit den klobigen Uhren um das Armgelenk und den geschmacklosen Markenklamotten mit den unübersehbar großen Labelaufschriften. Die

Schlimmeren und oft abgebrühteren allerdings sind die, denen man es nicht ansieht, die vollkommen durchschnittlich Gekleideten mit eher unauffälligem Verhalten. Selbstbewusstes Auftreten haben beide und wenn sie diesen bestimmten Habachtstellungsblick aufsetzen, der mit permanentem Umdrehen nach allen Seiten einhergeht, entlarven sich auch die besser Getarnten der zweiten Kategorie. Wenn René noch eine letzte Unsicherheit spürt, ob es sich wirklich um einen Dealer handelt, wartet er genau auf diesen Blick, bevor er in die Offensive geht. Seine zehnjährige Erfahrung lässt ihn in dieser Hinsicht kaum mehr falsch liegen. Vor den Eingängen des Bahnhofs sitzen und liegen die üblichen traurigen Gestalten. Manche haben sich eine Art Hütte aus Pappe gebaut, um sich vor dem Wind zu schützen, viele jedoch sind komplett ungeschützt, einige davon ohne Schlafsack oder irgendeine Art von Bedeckung und oft viel zu dünn bekleidet. René schaudert es immer, wenn er diesem Bild für längere Zeit ausgesetzt ist, obwohl er eigentlich längst abgehärtet sein müsste. Auch wenn er es vor seinen Kollegen versucht zu verbergen, ist er eigentlich zu sensibel für seinen Beruf. Ursprünglich ist er

zur Polizei gegangen, um Verbrechen aufzude-
cken, etwas für das Gemeinwohl zu tun und um
mehr Gerechtigkeit in die Welt zu bringen. Sein
hohes Ziel war der gehobene Kriminaldienst. Auf
die Straße wollte er nie. Irgendwann ist es ein
Selbstläufer gewesen. Es wurde eine Stelle frei
und man hat ihn mit allerlei Schmeicheleien und
auch mit einem höheren Gehalt überredet und so
hat er vorerst darauf verzichtet, auf eine Lauf-
bahn beim BKA hinzuarbeiten.

Schweigend sitzen er und sein Kollege auf ihren
Sitzen und fixieren den Eingangsbereich vor dem
Bahnhof. Es ist alles ruhig. Sein Kollege rutscht
auf seinem Sitz hin und her. Er wird ungeduldig.
»Ich glaube, da tut sich gerade nichts.«, spricht er
seine Gedanken aus. »Lass uns zurück.«

»Warte mal.«

René nimmt schon seit einigen Minuten einen
unauffällig aussehenden Mann nahe dem Eingangsbereich wahr, der sich nicht wirklich von
der Stelle rührt. Seine Intuition sagt ihm, dass
sie noch nicht fahren sollten. Er spürt den Blick
seines Kollegen, doch wendet den seinen nicht
vom Objekt der Beobachtung ab. Der Mann vor
dem Bahnhof setzt sich langsam in Bewegung und

erreicht die Eingangstür. Dort geht er ein paar Schritte nach links auf eine abgewrackte Gestalt zu. Und da ist er, der Blick! René schnallt sich ab. Der Mann auf der anderen Seite greift in seine Hosentasche und streckt seinem armselig aussehenden Gegenüber etwas entgegen.

René sprintet los. Kurz bevor er die beiden erreicht, schaut sich der Dealer um, sieht René auf sich zu rennen, beendet das Geschäft und rennt selbst wie von der Tarantel gestochen los.

René wähnt sich chancenlos. Er wurde zu früh entdeckt. »Stehen bleiben! Stehen bleiben! Stehen bleiben oder ich schieße!«

René will seine Waffe ziehen, verliert dabei seine Mütze und hebt diese in einer Übersprunghandlung auf. Der Mann ist weg.

René ist erschrocken über sich selbst: Scheiße. Er hätte fast gezogen, verdammt. Diese Hurensöhne von Dealern.

Mit weichen Knien kehrt er zu seinem Kollegen zurück, steigt ins Auto und lässt sich erschöpft auf den Beifahrersitz fallen.

»Mann Axel, ick wäre fast schwach geworden.«

Der Kollege, der aus dem Auto alles beobachtet hat, versucht zu trösten:

»René, mach dich nicht fertig. Das passiert uns allen früher oder später mal. Wir sind doch auch nur Menschen.«

René winkt ab. »Nee, Axel, das darf nicht passieren.«

7

Wenn er sich nicht gerade etwas eingeworfen hätte, wäre das Ganze eben nach hinten losgegangen. Der Bulle hätte ihn fast erwischt. Es ist verrückt, dass er das nochmal sagen würde, aber heute haben ihn die Drogen gerettet. Und wieder etwas mehr vernichtet. Wie schafft er es endlich, von diesem Mist loszukommen? Er hat aufgehört, die Entzüge zu zählen, die er in den letzten Jahren hinter sich gebracht hat. Langfristig alle erfolglos. Er kommt von dem Dreckszeug nicht los. Jedes Mal, wenn er denkt, jetzt klappt es, ist er im nächsten Moment rückfällig geworden. Er weiß, dass es mit seinem Umfeld zusammenhängt, doch wenn er täte, was wirklich notwendig wäre, nämlich die Menschen, ja eigentlich sein komplettes Leben ein für alle Mal hinter sich zu lassen, würde er ganz allein dastehen. Vor dieser sozialen Isolation hat er noch mehr Angst als vor den möglichen Folgen seiner Abhängigkeit. Er fühlt sich als das, was er ist, ein elender Junkie. Ist es das, was ihn so an diesem Mädchen fasziniert, dieser Ronja? Sie scheint so unschuldig, so frei. Und sie hat keine Ahnung davon, wie frei sie ist, denkt er. Er beneidet sie und fühlt sich angezogen und gleichzeitig minderwertig in ihrer Gegenwart. Er hat das Gefühl, als sei es nur eine Frage der Zeit, bis seine so gut und über die Jahre antrainierte Fassade des erfolgreichen und hippen Niceguys von ihr erkannt würde. Er weiß, wenn das passiert, wird er sich noch mieser fühlen, als er es jetzt schon tut. Ronja hält ihm einen Spiegel vor und noch ist er nicht so verloren, dass ihm das nicht bewusst wäre. Er grübelt darüber nach, wie er diese, vielleicht letzte Chance für sich nutzen kann.

8

René klingelt an Ronjas Tür, die sofort aufgeht, da Ronja ihn schon erwartet hat. »Hallo!« Sie scheint etwas nervös, aber freudig erregt.

René erwidert ähnlich enthusiastisch:

»Hallo!« Er strahlt Ronja an.

»Kommste noch kurz rein? Wir haben doch eh noch etwas Zeit, oder? Ick würde dir gerne noch meine Mitbewohnerin und einen Freund vorstellen.«

»Ja klar. Gerne.«

Erst als Ronja ihm vorweg in die Küche geht, traut er sich, sie von hinten etwas genauer anzuschauen. Sie ist sehr schlicht gekleidet, hat eine blaue Chinohose und einen schwarzen Rollkragenpullover an. Ihre hellbraunen Haare fallen ihr bis kurz über die Schulter. Er überlegt, ob seine Aufmachung zu ihrer passt. Üblicherweise greift er einfach irgendetwas aus seinem Schrank. Das ist heute anders gewesen. Er hat eine Weile gebraucht, bis ihn seine Kombination zufriedengestellt hat. Kurz befürchtet er, dass sein weißes Hemd, die Jeans und das Jackett vielleicht etwas übertrieben sind, verwirft den Gedanken jedoch schnell wieder.

In der Küche sitzen Mate und Franzi links auf dem Sofa hinter der Tür. Franzi liest ein Buch und Mate blättert sich durch ein Magazin. René erstarrt, als er Mate sieht und bleibt wie angewachsen im Türrahmen stehen. Mate und Franzi hingegen sind etwas irritiert, schauen einander fragend an.

»Hi.«

Franzi überspielt die Situation.

»Wir hatten ja schon mal das Vergnügen. Setz dich doch. Willste ein Bier? Wein? Wasser? Saft?«

René fängt sich nur langsam.

»Hm? Ja, ääh, nee, danke.«

»Biste sicher?« Es scheint, als wolle Mate die Atmosphäre auflockern. René schaut ihn verächtlich an. Erkennt der Typ ihn nicht oder ist er einfach nur dreist? Als René keine Antwort gibt, sagt Mate: »Ach so, klar, ihr müsst ja dann wahrscheinlich auch demnächst los?«

»Das müssen wir. Richtig«, antwortet René auffallend unhöflich. Er hat den Schock kaum überwunden.

»Ok, wollen wir dann?« Ronja ist augenscheinlich verwirrt, da sie die Spannung nicht einordnen kann.

René antwortet sehr nett in ihre Richtung: »Ja, gerne, ich habe den Tisch zu zwanzig Uhr reserviert und in dem Restaurant sind sie in der Regel sehr streng, wenn man nicht pünktlich ist. Ich möchte ja nicht, dass unser Tisch weggegeben wird. Wie würden wir dann dastehen?«

»Nee, das wäre schade, stimmt. Jut, ick wäre dann soweit. Hole nur noch schnell meine Tasche.«

»Na klar«, flötet René ihr hinterher und wie ausgewechselt in Richtung Küche und Mate:

»Tschüss dann!«

»Was war das denn?«, flüstert Franzi und blickt Mate fast ein bisschen entsetzt an. Der zuckt mit den Schultern.

»Naja, Bullenfreak.«

In Richtung Wohnungstür ruft Franzi ihr noch zu:

»Und denk dran, Ronja!«

»Ja, ja«, kommt von Ronja etwas genervt zurück.

Sie schließt schnell die Tür.

9

René strahlt Ronja an. Es ist nicht zu übersehen, dass sie ihm sehr gefällt. Ihre Verwunderung über sein merkwürdiges Verhalten in der WG spricht sie nicht an, sie möchte ihnen nicht den Abend durcheinanderbringen oder gar verderben.

»Zweimal das Menu drei und eine Flasche Wasser mit Kohlensäure.« Und zu Ronja gewandt: »Du wirst sehen, das Gericht ist köstlich. Und du willst wirklich keinen Wein, oder etwas anderes?«

»Nee, danke, wirklich nich'.«

»Is' doch ganz schön hier, oder?«

Ronja schaut sich um. Es ist tatsächlich ein sehr gemütliches kleines Restaurant irgendwo in Kreuzberg. Wie schon bei ihrer nächtlichen

Tour, als sie René kennengelernt hat, ist es ihr auch dieses Mal unmöglich gewesen, sich lange zu orientieren. Ab irgendeinem Punkt während der Fahrt hierher, hat sie sich also in ihren Sitz zurückfallen lassen und entspannt beobachtet, wie die Häuserreihen rechts an ihr vorüberziehen. Sie hat geschmunzelt, als René, nachdem er den Wagen eingeparkt hat, sofort zu ihrer Tür geeilt ist, um sie aufzureißen und ihr nach draußen zu helfen. Auch die Tür zum Restaurant hat er ihr aufgehalten, was ihr gefallen hat. Die Sitze im Restaurant sind denen der Berliner S-Bahn nachgeahmt mit einem Tisch dazwischen und somit ist alles so angeordnet, dass man dem Tischnachbarn nicht direkt auf den Teller schauen kann, auch die Gespräche der anderen sind nicht zu verstehen und man muss sich folglich nicht bemühen, besonders leise zu reden. Die Lampen über den Tischen sind schlicht gehalten und strahlen unaufdringlich warmes Licht aus. Im Prinzip besteht das Restaurant aus vielen kleinen Separees.

»Toll is' es!« Ronja strahlt. »Es braucht aber auch nich' viel, um mich zu beeindrucken. Bei uns zuhause jibt et noch nich' mal 'n vernünftigen

Imbiss, in den man sich setzen kann.« Scherzhaft fügt sie hinzu:

»Na, dafür kann man überall ganz toll picknicken.«

»Das ist super«, reagiert René etwas unbeholfen. »Ich weiß gar nicht, wann ich das letzte Mal gepicknickt habe.«

Er überlegt. »Sag mal, was hat deine Mitbewohnerin vorhin eigentlich gemeint an der Tür?«

»Hm?«

»Naja, die hat dir hinterhergerufen, dass du an irgendwas denken sollst oder so.«

»Ach.« Ronja ist peinlich berührt.

»Ja?« René scheint nicht locker zu lassen. Er bemüht sich wohl darum, den Gesprächsfluss in Gang zu bekommen.

»Na, sie findet, dass ick, wenn ick ’ne Verabredung habe, unbedingt besonders darauf achten sollte, dass ick nich' so in meinen Dialekt falle. Die kommt ja aus Frankfurt und hört det allet wohl noch deutlicher. Sie meint, das würde jeden abschrecken und so.« Sie versucht sich auf Hochdeutsch: »Es ist ja auch nicht so, dass ich Hochdeutsch gar nicht kann, aber es ist wirklich anstrengend für mich und irgendwie bin ich dann auch nicht mehr ich selber. Ich weiß nicht, ich komme mir halt komisch vor, wenn ich so rede.«

René ist entzückt.

»Also, für mich musst du dich nicht anstrengen. Ick mag deinen Dialekt. Ick berlinere ja selber.« Er bemüht sich um den Jargon.

»Naja, ein bisschen vielleicht. Hier in Berlin jibt es sowieso fast niemanden, der über die Sprache zeigt, dass er von hier ist. Schon ironisch.« Sie gibt sich immer noch Mühe klarer zu sprechen. René hört ihr interessiert zu.

»Ja«, sagt er, »es gibt ja auch fast keine Urberliner mehr. Alle zugezogen. Gerade im Zentrum.«

»Ja, ick bin gerade dabei, das alles zu verstehen hier, aber ick komm mir schon vor wie 'n Alien mit meiner Sprache.«

»Wie gesagt, tu dir keinen Zwang an. Und ich glaube auch nicht, dass es so ist, wie deine Mitbewohnerin sagt, dass es abschreckt und so. Ich glaube eher, dass es ganz erfrischend ist, wenn man mal jemandem begegnet, der keinen Stock im Arsch hat und sich einfach so gibt, wie er ist. Natürlichkeit ist immer attraktiver als irgendwas Hergerichtetes.« Ronja horcht auf. Jetzt versteht sie, was ihr von Anfang an so ein behagliches

Gefühl in Renés Gegenwart beschert hatte. Sie spürt bei ihm eine Art Echtheit, die sie seit Wochen, vielleicht auch schon lange davor, komplett bei sich selbst verleugnet und sich gleichzeitig danach gesehnt hat. Er spiegelt ihr ihren »missing part«. Sie antwortet verlegen: »Ja, finde ick selber ja auch eigentlich.«

»Du, Ronja?«, fragt René vorsichtig.

»Ja?«

»Woher kennst du diesen Mate eigentlich?«

»Ach Mate. Den hab ick auf 'ner Wahlparty kennenjelernt. Der is' Journalist. Ohne ihn wäre ick da fast nich' rein jekommen. Mein Chef hatte mir keine Einladung mitgegeben. Das wäre 'ne schöne Pleite jeworden. Aber Mate kannte den Mann am Einlass und so hat es dann doch geklappt. Das war auch so 'ne Geschichte mit dem Türsteher.«

»Wieso?«

»Na, bei dem haben se Kokain gefunden. Ick bringe das alles immer noch nich' zusammen. Das war doch 'ne Politikveranstaltung.«

René blickt sie mitleidig an.

»Das hat gar nix zu heißen. Wenn man 'ne Weile in meinem Job gearbeitet hat, fällt man ziemlich schnell vom Glauben ab.«

»Wie meinst 'n das?«

»Ich will einfach nur sagen, dass man sich die Menschen mit denen man sich umgibt, etwas genauer anschauen sollte.«

»Verstehe ick jetzt nich'. Meinste Mate? Was hat der denn mit dem an der Tür zu tun?«

In dem Moment wird das Essen gebracht. Erleichtert ruft René etwas zu laut aus:

»Oh. Das ging ja schnell. Sieht toll aus! Danke. Na, dann lass es dir schmecken.« Er streckt ihr sein Wasserglas entgegen. »Prost!, geht ja durchaus auch ohne Wein.«

Er lacht. Ronja lässt sich von seiner guten Laune anstecken und erwidert noch halb verdutzt:

»Danke. Ebenso.«

10

Am nächsten Tag wird Ronja in der Küche sofort von Franzi abgefangen, die Berichterstattung einfordert.

»Na, wie war das Treffen mit dem Bullen?« Ronja mustert Franzi. Ihre respektlose Art Menschen gegenüber, die nicht so cool sind wie sie, fällt Ronja erst jetzt zum ersten Mal so richtig auf.

»Mit dem Polizisten. Eigentlich ganz nett.«

»Und uneigentlich?«

»Ach, ick weiß nich'. Er ist sehr nett und war auch total zuvorkommend. Sieht jut aus und so.«

»Ja, dann ist doch alles supi. Wo ist das Problem?«

»Ick weiß nich', wie det eben is. Der Funke muss ja ooch springen.«

»Ach so, und es war also nicht feurig genug, oder was?«, zieht Franzi sie auf.

»Könnte man so sagen«, sagt Ronja schnippisch. Sie hat keine Lust mehr als nötig von dem Treffen mit René zu erzählen. Sie fühlt, dass das nur ihr gehört und sie zumindest jetzt noch nicht allzu viel davon teilen möchte, zumal sie auch keine Lust darauf hat, dass Franzi irgendetwas davon ins Lächerliche zieht. Ihr ist bewusst, wie sie aus Gewohnheit in Franzis Lachen, das ihr auf einmal viel zu übertrieben vorkommt, einstimmt. In Wahrheit ist ihr alles andere als zum Lachen zumute. Das Treffen mit René hat sie aufgewühlt. Sie hat das Gefühl, dass sie ein paar Dinge für sich in die Reihe bekommen muss. Irgendetwas läuft aus dem Ruder und sie muss unbedingt herausfinden, was das ist. Die Anspielung auf Mate und dass die Dinge manchmal anders sind, als sie scheinen. Was hat er gemeint und wieso hat er so wissend geklungen? Sie haben nach dem Essen nicht mehr darüber geredet. Es ist ein sehr netter Abend gewesen, und sie hat nicht noch einmal auf das

Thema zu sprechen kommen und damit vielleicht erneut eine seltsame Stimmung erzeugen wollen.

»Und, gibst du ihm noch 'ne Chance?«

»Ick denke schon. Nächsten Freitag is Kino anjesagt.« »Na bitte, nicht gleich aufgeben. Kino ist doch super. Das wird dann die Feuerprobe.«

»Haha.«

»Übrigens, ich habe die Aufnahmeprüfung für die Filmhochschule bestanden! Ist das geil, oder was?«

»Mensch, Franzi, det is' prima!«

»Du mit deinem prima immer. Das ist nicht prima. Das ist der Hammer. Ich muss das heute unbedingt noch feiern. Die ganz große Party mit allen Leuten steigt am Wochenende, aber ich muss irgendwie heute schon was machen. Ich bin total zappelig. Was ist, bist du dabei?«

»Ick weiß nich, ick muss ja morgen eigentlich wieder früh raus.« Ronja hat überhaupt keine Lust, ihren Abend schon wieder in irgendeiner von diesen lauten Lokalitäten zu verbringen.

»Ach komm, nur für zwei oder drei Stunden. Außerdem sagst du doch immer, dass du Berlin kennenlernen willst.«

»Ja, schon, aber Berlin besteht ja wohl hoffentlich nich' nur aus Partys.«

»Naja. Heute ist jedenfalls Samstag, der perfekte Ausgehtag. Wir könnten zum Beispiel ins Cookies oder noch besser in den Kit Kat.« Ronja merkt, wie sie schwach wird. Wie fremdgesteuert hört sie sich sagen:

»Na jut, aber wirklich nich' so lange. Was is das denn, der Kit Kat?«

»Der ist schon speziell. Ziemlich abgefahren. Willst du dir den mal ansehen?«

»Ick weiß nich'.« Wieso fällt es ihr so schwer, einfach nein zu sagen? Und warum kann Franzi nicht akzeptieren, dass sie mit anderen Worten genau *das* gesagt hat? Es gibt ihr ein unbehagliches Gefühl, dass sie weiß, dass ausgenutzt wird, dass sie es nicht schafft, klar zu sagen, was sie will oder nicht will und ärgert sich gleichzeitig über ihre Unfähigkeit dahingehend.

»Ick weiß aber. Ronja verlässt heute mal ihre Räuberhöhle und macht den Stadtdschungel unsicher. Lass uns doch vorher noch was kochen und dann losziehen.«

»Ok.«

11

Sie stehen vor der Tür des Kit Kat Clubs. Soweit es Ronja in der Dunkelheit erkennen kann, befindet sich der Club in einem Gebäude mit einer grauen, und dreckig wirkenden Fassade. Ein paar Graffiti heben sich ab. Der Türsteher ist ein Riese.

Er begrüßt sie kurz und knapp: »Hi. Zieht ihr mal bitte eure Jacken aus?«

»Wieso denn das?«, fragt Ronja.

»Jetzt mach einfach. Er will nur sehen, was wir anhaben«, beruhigt Franzi sie. Ronja weiß in diesem Moment besser denn je, dass sie hier nichts verloren hat, und will gehen.

»Alles klar. Ihr könnt rein.«

Wie automatisiert setzt sie dennoch einen Schritt vor den anderen und begibt sich hinter Franzi nach drinnen. Das Bild, das sich dort ausbreitet, lässt sie erstarren und wie gelähmt stehenbleiben. Überall tummeln sich Halbnackte, die Ronja den Eindruck vermitteln, als seien sie nicht mehr Herr ihrer Sinne. Aber noch schlimmer sind die, die wie apathisch auf Tischen, Stühlen oder den zahlreichen Sofas liegen, mit oder ohne Begleitung. Sie kommt sich vor wie in einer der chinesischen Opiumhöhlen, von denen sie gelesen hat. Dort wie hier gibt es diese drogenbedingte Apathie, die die Menschen willenlos zu machen scheint. Sie kann nicht fassen, dass Franzi sie in genau so eine Höhle heute mitgeschleppt hat.

»Ach deshalb wolltest du, dass ich diesen ultrakurzen Rock von dir anziehe. Das war gar nich' weil du findest, dass er mir so jut steht, sondern weil wir hier sonst nicht rein jekommen wären?«

»Entspann dich mal ein bisschen, der Rock steht dir doch wirklich super gut. Komm jetzt erst mal rein.«

Ronja ist ob des Innenlebens noch immer in einer Art Schockstarre. Sie kann nicht glauben, dass sie hier ist.

»Franzi, ick will sofort wieder jehen.«

»Ronja, lass uns jetzt erst mal was trinken.
Komm, ich lad dich ein.«

»Ick glaube einfach nicht, dass du mich in so
was hier mitjenommen hast«, schreit Ronja ver-
ärgert über die Musik.

»Ich trink' einen Mai Tai. Was ist mit dir?«

»Nix mit Alkohol.«

»Nur einen. Auf meinen Studienplatz. Mach
doch mal eine Ausnahme heute. Biiiittte. Mai Tai
ist echt lecker.«

»Na jut, aber wirklich nur einen. Was werde
ick denn Mate sagen, wenn er mich fragt, wo ick
heute Abend war. Der will doch immer wissen,
was ick schon so alles jesehen habe. Aber das
hier kann ick doch niemandem erzählen.« Auch
an René denkt Ronja, aber das behält sie für sich.

»Na, ich denke, das wird er schon verkraften,
dass du hier warst«, antwortet ihr Franzi spöttisch.

»Meinste?«

»Ronja, jetzt mal ehrlich, was glaubst du eigentlich? Jetzt sei doch nicht so naiv. Der war ganz
sicher auch schon einmal hier.«

»Wieso meinst du das? Der is' nicht so.« Ronja
glaubt sich selbst nicht. Ganz langsam versteht

sie, dass sie die letzten Wochen völlig fremdbestimmt durch die Welt gewandelt ist.

»Wie muss man denn sein wenn man hier ist? Bin ich denn so?«

»Nee, aber das ist doch was anderes.« »Ach ja? Warum?«

»Weiß ick ooch nich.«

»Siehst du, ist gar nichts anderes. Ronja, das ist einfach ein Berliner Club, in dem es halt etwas freizügiger zugeht. Das bedeutet ja nicht, dass du direkt vergewaltigt wirst. Jeder, wie er mag halt.«

»Ach, jeder wie er mag ja, aber kurzer Rock muss sein?«

»Jetzt sei doch nicht so beleidigt.«

»Ick habe so etwas halt noch nie gesehen. Da musste mir schon mal 'nen Moment geben, um das sacken zu lassen.«

»Schon ok. Ich vergesse immer, dass du vom Dorf kommst. Du musst dich halt erst mal dran gewöhnen. Wirst schon sehen, so schlimm ist das alles gar nicht. Du hast bestimmt noch richtig Spaß hier.«

»Was willste denn jetzt damit sagen?«

»Na tanzen und so. Lass uns gleich mal loslegen.«

Ronja nimmt noch einmal einen großen Schluck durch den Strohhalm und fühlt sich auf einmal auch etwas gelassener. »Na jut, dann tanzen wir.«

Sie gibt sich ganz der Musik hin. Wie lange sie getanzt hat, weiß sie nicht. Irgendwann ist Franzi gegangen. Kurz hat sie Ronja ins Ohr geschrien, dass sie mal eine Pause braucht. Sie dreht sich auf der Tanzfläche um sich selbst, inmitten von sich verrückt verrenkenden fremden jungen Männern und Frauen. Sie ist allein, aber auf einmal ist ihr bewusst, dass es nicht mehr schlimm ist, allein zu sein. Das Gefühl von Einsamkeit ist verschwunden. Plötzlich weiß sie, dass sie es schaffen wird, und zwar völlig unabhängig von anderen. Ihr Ärger auf Franzi schlägt um und sie ist ihr nun auf eine Art dankbar, denn das Erlebnis im Club zeigt ihr, was sie nicht will. Es zeigt ihr auch, dass sie stärker ist, als sie gedacht hat. Stärker vielleicht sogar als die meisten anderen, die sie um sich herum sieht. Diese Menschen verleugnen sich genauso, wie sie sich selbst bis jetzt verleugnet hat, nur dass es bei ihnen nicht auffällt, denn alle spielen dasselbe Spiel. Sie versteht, dass wenn sie nicht selbst zu sich steht, ihr das kein anderer abnimmt.

12

Franzi wählt Mates Nummer. Ihre Finger zittern derart, dass sie bei nahezu jeder Ziffer zwei Versuche braucht, um die Taste zu erwischen. Als er abnimmt, schreit sie in das Telefon, halb vor Aufregung, halb weil sie gegen die Lautstärke der Musik kämpft: »Mate, ich kann Ronja nirgendwo finden.« Es vergehen einige Sekunden, bis sie eine Antwort bekommt.

»Was?« Mates verschlafene Stimme zeigt, dass er überhaupt keine Ahnung davon hat, wer mit ihm redet und worüber mit ihm geredet wird.

»Mate, hier ist Franzi!« Sie schreit noch greller, was tatsächlich bewirkt, dass Mate nun wach ist.

»Ronja! Wir sind im Kit Kat und jetzt ist sie weg.«

»Franzi, weißt du, wie spät es ist?« Mate klingt verwundert. Klar, Franzi hat sich ihm bisher als eher coole Frau präsentiert. Jetzt erinnert sie sich selbst an ein kleines Mädchen, das mit allen Mitteln versucht, die Aufmerksamkeit der Eltern zu bekommen.

»Franzi, ich muss morgen früh raus und brauche den Schlaf. Vielleicht ist sie auf der Toilette oder so? Sie ist doch alt genug.« Franzi hört an seiner Stimme, dass er auflegen will.

Da schreit sie erneut: »Nein!«

Mate zögert. Die Panik in ihrer Stimme lässt ihn erschrecken und er begreift augenblicklich, dass die Situation ernster ist, als er gedacht hat.

»Du verstehst das nicht. Sie ist total betrunken!«

Mittlerweile ist Mate zu vollem Bewusstsein gelangt.

»Wie bitte? Ronja trinkt doch gar nicht.«

»Ich hab' sie überredet. Die hat sich doch gar nicht unter Kontrolle. Was soll ich denn jetzt machen?« Da sie spürt, dass sie endlich gehört wird, klingt Franzi nun etwas weniger schrill.

»Scheiße. Warum hast du das gemacht?«

»Was mach ich denn jetzt?«

»Ok, warte, ich zieh mich an und komme zu euch.« Er legt auf.

Franzi rennt vor den Club und sieht sich um. Keine Spur von Ronja. Intuitiv geht sie im Laufschritt weiter bis zur nächsten Straße, die auf eine Brücke führt. Das Bild über die Brücke hinweg zeigt das Lichtermeer der Stadt und am Horizont die rotgelben Töne des Sonnenaufgangs. Die Lichter wirken von Sekunde zu Sekunde kraftloser. Am Ende der Brücke sieht Franzi eine Gestalt sitzen, die ihre Beine zwischen den Gitterstäben in die Tiefe hinunterbaumeln lässt, sich mit den Händen an den Eisenstangen festhält und in den Sonnenaufgang blickt. Ronja! Franzi fängt an zu sprinten. »Ronja, nein!«

Ronja dreht sich um und schaut Franzi klaren Blickes ins Gesicht. Franzi bleibt stehen. »Ronja, was machst du hier? Ich habe dich überall gesucht. Ich dachte schon.«

Ronja antwortet kühl:

»Wat haste jedacht? Dass ick hier runterspringen will? Hast 'n schlechtet Gewissen jetze? Is' nich' aufjejangen dein Plan, mich locker zu machen, hm? Aber zu locker darf es dann auch nich' sein. Sie könnte sich ja nich' mehr unter Kontrolle haben und dann wäre es unbequem für dich jeworden. Haste det schon mal jehört: A No Is a No. Das hat auch was mit Respekt zu tun meine Liebe. Ick bin wer ick bin und wenn dir das nich' cool jenug is', dann lass mich jefälligst in Ruhe.

Franzi sieht sie sprachlos an: »Aber ich wollte doch nur einen schönen Abend.«

»Ja, 'n schönen Abend nach deinem Geschmack. Du weißt, dass ick mir nüscht aus Alkohol mache, dass mir kurze Röcke nich' jefallen und dass das da drinnen 'ne Nummer zu heftig für mich is'.«

Ohne den stechenden Blick von Franzi abzuwenden, macht sie mit dem Kopf eine ruckartige Bewegung in Richtung Club.

»Warum also überredest du mich die ganze Zeit zu irgendwas, von dem du weißt, dass ich es im Grunde nich' will? Ein *nein* muss reichen. Und ab jetzt reicht das auch, verstanden?«

»Mann, Ronja, tut mir leid. Ich hab mir echt Sorgen gemacht. Lass uns nach Hause gehen, ok?«

»Das hätte ick jetzt sowieso jemacht.«

»Ach so, Mist, Mate ist auf dem Weg hierher.«

»Mit Mate habe ick ooch noch was zu klären. Aber jetzt gehen wir erst mal. Morgen ist ein neuer Tag.«

13

Ronja und René kommen aus dem Kino.

»Danke, dass du eine Komödie ausgesucht hast. Ein Thriller wäre heute nichts für mich gewesen. Aufregung hatte ick in der letzten Zeit genug.«

»Meinetwegen?«, fragt René frech und lacht.

Ronja erwidert das Lachen und fügt plötzlich ernster hinzu: »Ick habe mit ihm jeredet.« Stille. Sie schlendern langsam die Straße entlang Richtung Inder. Ohne seinen geradeaus gerichteten Blick zu ändern, antwortet René erst nach einigen Minuten. »Und?«, fragt er verhalten.

»Er macht die Therapie. Dieses Mal richtig und nicht auf eigene Faust. Franzis Mutter arbeitet in einer Entzugsklinik und sie hat jeholfen, dass er dort kurzfristig anfangen kann. Nächste Woche bezieht er dort sein Zimmer.«

Ronja bleibt stehen und schaut René verliebt an.

»Danke, sagt sie leise. Soll ick ooch von Mate ausrichten. Als ick mit ihm jesprochen habe, is' er vor mir zusammenjebrochen und hat allet erzählt. Er is' wie ausjewechselt jewesen. Nich' mehr als ein Häuflein Elend. Nichts mehr übrig von dem smarten Hipster als den ick ihn kennenjelernt habe. Diese Fassade muss ihn wahnsinnig viel Kraft jekostet haben. Die Drogen haben ihn zum Kriminellen jemacht. Ick spüre, das er einen guten Kern hat. Jeben wir ihm eine Chance!«

René nimmt ihr Gesicht in seine Hände. »Du weißt, dass ich das für dich gemacht habe?«

Ronja fühlt sich das erste Mal seit ihrer Ankunft in der Großstadt richtig. Bei sich selbst und mit René. Auf einmal ist alles still. Alle Geräusche um sie herum sind wie von Zauberhand ausgeschaltet. Die an ihnen vorüberfahrende Tram, die sie hektisch umrundenden Passanten von links und rechts und die hupenden Autos.

Es gibt nur noch René und sie. Anstelle einer Antwort stellt sie sich auf die Zehenspitzen, küsst ihn zaghaft und weiß, dass sie in der Großstadt angekommen ist.